VUES

D'UN PAIR DE FRANCE

SUR LA SESSION DE 1821.

PARIS,

J. G. DENTU, IMPRIMEUR-LIBRAIRE,

RUE DES PETITS-AUGUSTINS, N° 5.

MDCCCXXI.

VUES

D'UN PAIR DE FRANCE

SUR LA SESSION DE 1821.

———

Si l'on veut suivre et récapituler avec attention tout ce qu'on a vu depuis quinze ou seize mois, on reconnaîtra que toutes les tentatives des libéraux ont été vaines; mais en même temps on pourra se convaincre qu'ils n'ont point cessé, et qu'ils ne cesseront point d'en faire. Ils ne cherchent pas même à faire illusion sur ce point; et dans tous les discours prononcés par eux à la tribune, il n'y en a pas où l'on ne trouve des phrases et des maximes dignes de figurer dans un code révolutionnaire. Il faut s'attendre que lors du renouvellement d'un cinquième, ils vont renouveler tous leurs efforts; et si on ne leur oppose pas des efforts contraires, aussi sagement combinés, aussi constamment que fortement soutenus, le gouvernement se trouvera perpétuellement menacé, et souvent entravé par eux dans sa marche. D'ici à la session prochaine il n'y a pas trop de temps pour préparer tous les moyens de défense contre un ennemi vigilant, qui depuis long-temps prépare tous ses moyens d'attaque.

Ces mesures défensives sont de nécessité absolue, si l'on veut se trouver, à l'ouverture de la session, dans une position forte et imposante, la seule qui convienne au gouvernement. Pour les prendre avec toute la prudence, mais en même temps avec toute la vigueur qui doivent en assurer le succès, il faut montrer, d'une part, aux libéraux, qu'on est en état de se faire craindre d'eux; de l'autre, à quelques membres égarés du côté droit, qu'on déplore, mais qu'on ne craint plus leur exagération. Sur les premiers, on doit toujours tenir ouvert l'œil de la police et des procureurs-généraux; sur les seconds, leur prouver, par la force et la régularité d'une bonne marche, que tous ceux d'entre eux qui persisteraient dans leur opposition ne pourraient échapper au juste reproche de la folie ou de la mauvaise foi.

Je n'ai point la prétention de détailler ici toutes ces mesures : je veux simplement énoncer qu'on peut les classer dans trois espèces différentes.

I. Première classe, *de bonnes élections*. Avant d'indiquer comment on peut les obtenir, je dois fixer l'attention sur une réflexion générale. Je sais que le ministère ne peut prétendre à détruire le parti de l'opposition, et que d'ailleurs ce parti est une portion nécessaire du système constitutionnel. Mais ce que le ministère doit avoir en vue, c'est que l'opposition ne soit composée que de libéraux, et qu'elle ne trouve pas d'auxiliaires dans les exagérés du côté droit, dont les principes sont en contradiction avec les leurs. Ce n'est réellement qu'après avoir atteint ce but qu'on pourra songer à établir une Chambre pour cinq ou pour sept ans. On peut espérer d'heureux effets de l'introduction de cette nouveauté; mais il ne faut pas que cette nouveauté puisse être regardée, au moment où elle paraîtra, comme n'ayant été imaginée que pour tirer le ministère d'embarras. Ce sera une loi des plus fondamentales du régime constitutionnel; il faut donc éviter de la présenter avec ce qui pourrait lui donner l'apparence d'une loi de circonstance; apparence qui, ne devant appartenir qu'à une loi transitoire, ferait un étrange contraste avec la permanence d'une loi fondamentale.

Les instructions données pour les élections étant les mêmes que l'année dernière, celles-ci doivent être bonnes, si ces instructions sont suivies avec bonne volonté et intelligence par les préfets, les sous-préfets, les procureurs du Roi, etc., etc.

Chaque ministre, dans sa partie, a dû donner là-dessus une direction forte et précise, et ne doit pas hésiter à destituer ceux qui s'en écarteraient, ou même qui la suivaient faiblement. En pareil cas, la destitution doit être de rigueur, et prononcée sans délai. Publicité, promptitude, uniformité, sont trois qualités essentiellement requises dans tous les actes par lesquels un gouvernement franc et fort veut et doit punir tout ce qui cherche à détourner ou à surpendre sa direction.

II. Seconde classe, *de bonnes lois*. Au nombre des bonnes lois il faut placer : 1° la loi sur l'organisation municipale. Elle a été présentée cette année, mais à une époque trop tardive pour que l'on pût en commencer la discussion. Il faut s'attendre, sans doute, que cette discussion sera très-débattue, mais c'est un feu auquel il faut répondre par un feu supérieur, qui fera taire la batterie ennemie. Dans la composition actuelle, la grande majorité de la Chambre aurait adopté la loi. Si l'on suit ce que je viens de dire, cette majorité sera encore plus forte à la session prochaine ; et si elle faisait à la loi quelques changemens, ce ne serait que pour augmenter l'influence de l'autorité royale. Le petit nombre de ceux qui voulaient la diminuer dans la loi présentée (je ne parle point des libéraux), étaient de ces hommes qui se croient législateurs quand ils font une loi en raison des personnes, et qui la défigurent ensuite par des amendemens qu'ils rédigent d'après leur antipathie contre tel ou tel ministre. Une bonne et constante majorité déconcerte toujours ces misérables intrigues ; et ces législateurs du moment ne peuvent plus que reconnaître, mais trop tard, leurs dangereuses erreurs.

2° La loi sur les journaux, soit pour les soumettre à la censure pendant plusieurs années, soit pour les contenir par des lois fortement répressives.

Dans le premier cas, il ne faut pas retomber dans la faute qu'on a faite précédemment, en prenant des termes trop courts, et s'exposant à remettre annuellement en discussion des questions toujours fâcheuses à agiter ; il faut prendre hardiment un terme éloigné. L'expérience et la raison disent que c'est celui où l'on pourra croire que l'effervescence et les opinions révolutionnaires seront affaiblies. Ce terme pourrait être de dix ans ; si l'on jugeait qu'il pût être moindre, il faudrait toujours qu'il ne se rencontrât pas avec celui d'une Chambre quinquennale ou septennale. L'Angleterre, qu'on veut trop souvent nous citer pour exemple, n'a eu que, dans le siècle dernier, des journaux qui rendissent compte des débats parlementaires. Le premier ne parut qu'en 1738, cinquante ans après la révolution de Jacques II. On sait comment ce journal, qui eut le plus grand succès, était fait : le rédacteur, ou plutôt l'auteur, faisait tous les discours d'après des notes que lui donnaient les huissiers. Cela n'empêcha pas l'Angleterre de jouer un grand rôle sous Guillaume III, et sous la reine Anne de faire de grandes acquisitions commerciales à Riswick et à Utrecht, et d'augmenter la richesse de son commerce sous le ministère

des Walpool. Je crois bien qu'à la première propo-
sition de la loi que j'indique ici, de grands cris s'é-
leveraient ; mais elle annoncerait dans le gouvernement une juste conscience de sa force, une longa-
nime ténacité d'efforts toujours dirigés dans le même
sens; ce qui, selon moi, est le véritable attribut d'un
ministère composé de ce que j'appelle *hommes d'E-
tat*. Alors la majorité de la Chambre, en ne la supposant même pas plus nombreuse qu'aujourd'hui,
trouverait une nouvelle force dans la confiance que
le gouvernement lui aurait témoignée, et lui saurait
gré d'avoir eu d'elle une aussi juste opinion.

Dans le second cas, il ne faudra pas se borner à
faire une loi répressive : il faut remonter jusqu'au
pouvoir qui est chargé d'en faire l'application. Les
délits de ce genre sont d'une toute autre nature que
ceux dont la connaissance est déférée aux chambres
d'accusation, aux assises et aux jurés. Le juri ne
doit jamais être admis à la décision de ces affaires;
Les raisons sans nombre en ont été dites depuis trois
ans. On n'y a répondu que par des motifs person-
nels, ce qui a été bien prouvé par la réunion des
exagérés et des libéraux pour faire prévaloir des articles que tous les gens sages ont vainement com-
battus. Pour juger du mal que peut faire un imprimé
qui répand et cherche à insinuer de faux principes,
il faut des juges indépendans qui aient un rang fixe
dans l'ordre public, et qui ne craignent pas de se
rencontrer en société avec les coupables auteurs

qu'ils auront dû condamner. Si cette indépendance morale et politique peut se trouver dans l'état actuel de notre magistrature, ce ne sera que dans les Cours royales; et toutes les fois que, dans ces Cours, le ministère public sera bien composé, on verra bientôt de quel poids seront leurs jugemens et les réquisitoires des procureurs et avocats-généraux. J'insiste surtout sur ce dernier article, parce que c'est à la bonne et forte composition du ministère public que j'attache l'espoir de voir renaître en France un beau corps de magistrature, soutien nécessaire d'une grande monarchie.

Dans tous les cas, on ne doit permettre, pour les journaux de département, que les annonces pour les propriétés, le commerce, la littérature; et quant aux objets politiques, aucun autre que ceux qui seraient copiés d'un journal autorisé à Paris.

III. La troisième mesure indispensable à prendre est *la marche ferme du ministère, et son union*. Pour parvenir à ce but, qui est de nécessité absolue, le ministère doit arrêter un plan de conduite bien combiné dans toutes ses parties, qui seront en harmonie les unes avec les autres. Chaque ministre devra accéder à ce plan, à moins qu'il ne fasse des observations dont la justesse détermine quelques changemens. Tout ministre qui n'accéderait pas à ce plan ne pourrait entrer ou rester dans le ministère.

Ce n'est point à moi à présenter ici ce plan; il doit

être dressé d'après des renseignemens qu'on a dû re-
cueillir dans toutes les branches de l'administration ; je
dirai seulement qu'il faut, en le dressant, partir de
quelques principes généraux, qui seront pour ainsi
dire une échelle sur laquelle on doit juger les dis-
tances et les rapports de chaque objet.

Ainsi, pour tout ce qui, dans la conduite ou dans
l'opinion, a été répréhensible ou coupable, même
depuis la seconde restauration (excepté toutefois le
régicide), j'admets le repentir quand le talent s'y
trouvera réuni, et quand il portera un caractère de
vérité ; d'où il suit que lorsqu'une conduite ulté-
rieure dément ce repentir, il doit être regardé comme
non avenu. L'application de cette règle doit être faite
surtout pour les places les plus importantes, dans le
militaire, dans l'administration, dans la magistrature. La même exclusion doit être donnée à toute
exagération dans le sens contraire, parce que qui-
conque veut servir le gouvernement doit le servir en
suivant le plan que le gouvernement a adopté ; sans
quoi il y aurait dans l'administration des variations,
des différences qu'on imputerait à ignorance ou à fai-
blesse.

Ainsi, quand le gouvernement jugera qu'au mi-
lieu de tant d'élémens, tant de débris, tant de ger-
mes révolutionnaires, la tranquillité publique ne
peut se concilier avec une liberté individuelle absolue, il reconnaîtra le tort qu'il a eu de ne pas soutenir
et prolonger sur ce point les lois d'exception. Pour ne

p.s renouveler la dernière, son motif apparent a été que, pendant près d'un an, on n'en avait fait qu'un très-petit nombre d'applications. Je dirai d'abord que c'est un tort de sa part, parce que ce qui s'est passé à Paris au mois de juin et au mois d'août, ce qui s'est passé à Grenoble et dans l'Est, ne fournissait que trop l'occasion d'appliquer cette loi, et n'eût peut-être pas eu lieu si on l'eût appliquée plus tôt; mais en supposant même que ne point l'appliquer n'ait pas été une faute, je dirai que c'était une raison pour la conserver. Il faut bien se persuader que le chef-d'œuvre des lois pénales est bien plus de prévenir les crimes que de les punir. Je dirai que dans une société bien constituée, plus la jurisprudence criminelle sera forte, plus l'application en sera rare. Il doit être de son essence journalière de contenir et d'effrayer. C'est l'état habituel dans lequel doit être ce grand ressort, qui ne doit se détendre que pour frapper avec éclat.

Tous les bons esprits sont convaincus depuis long-temps de la nécessité d'établir dans la Chambre des députés un règlement qui puisse arrêter cette divagation perpétuelle d'injures, de faux principes, de discussions souvent étrangères au sujet, et dont le moindre inconvénient est une perte de temps qui se renouvelle à chaque séance. On a tenté, il y a quelques mois, de présenter un règlement dont on avait espéré un grand succès. Le succès s'est réduit à très - peu de chose. Les articles proposés ont donné lieu à des débats scandaleux, dans lesquels on a vu se renouveler avec plus de violence les scènes indécentes qu'on voulait éviter. Il faut cependant se soumettre à un nouveau règlement, ou se condamner tous les ans au même scandale, à la même perte de temps, c'est à-dire à tout ce qui peut déshonorer ou paralyser une assemblée qui toujours devrait paraître imposante.

Pour y parvenir, le ministère peut, avant l'ouverture de la nouvelle session, s'entendre avec quelques sages députés de la dernière. Ceux-ci, bien convaincus par eux-mêmes, et par plusieurs années d'expérience, de tout le mal dont ils ont été témoins, sauront mieux que personne prévoir les moyens d'en éviter le retour. Ils devront surtout, dans ce travail, renoncer à l'idée de se mettre toujours en garde contre le gouvernement, comme si c'était un ennemi contre lequel il fallût toujours placer sentinelles avancées; comme si, dans l'état actuel des choses et de l'opinion en France, on pouvait sérieusement redouter un gouvernement despotique, tandis que l'état d'anxiété qui nous tourmente ne tient qu'à la trop grande réserve de l'autorité, qui semble craindre de faire sentir qu'elle est aussi forte que paternelle.

Dans ce règlement, il faudra surtout avoir en vue d'abréger des discussions au moins inutiles quand elles ne sont pas dangereuses; de supprimer celles qui pourraient s'élever pour ou contre la clôture, objet d'ordre sur lequel il suffit d'exprimer son vœu ou son refus. Il faudra, en outre, remédier à cette accumulation d'amendemens et de sous-amendemens, souvent incohérens les uns aux autres, et qui alors défigurent une loi, dont ils contredisent ou atténuent les premières dispositions.

Les commissaires chargés de ce travail, n'oublieront pas ce qu'exige d'eux l'abus des pétitions. En comparant ce qu'elles étaient en 1814, ou même en 1815, avec ce qu'elles sont devenues aujourd'hui, ils reconnaîtront qu'on en fait un instrument de trouble et de provocation, que les libéraux emploient à volonté, souvent avec une fausseté révoltante, et toujours avec la coupable intention d'étaler et de défendre des principes anti-monarchiques. C'est à la commission des pétitions, composée de neuf membres, que devrait être déféré le choix de celles qui seraient dans le cas d'être portées à la Chambre. Toutes les autres doivent être écartées.

Il est important que tout cela soit prêt avant l'ouverture de la session, pour être présenté aux premières séances, et régler ainsi celles qui suivront. Aussitôt que la Chambre se sera constituée, le gouvernement doit lui envoyer : 1º la loi des comptes; 2º celle du budget; 3º celle de l'organisation municipale. Pour chacune de ces lois on nommera une commission qui s'en occupera de suite. Chaque commission, travaillant sur la loi qui lui est soumise, tous les rapports peuvent être prêts en moins de six semaines : il resterait du temps pour les discussions, et l'on parviendrait ainsi à ne pas prolonger les sessions au delà du mois d'avril, ce qui est plus important qu'on ne pense, pour ne pas dégoûter les bons députés, propriétaires dans les départemens éloignés.

Ce que je demande ici n'est point de la précipitation, c'est l'urgent et sage emploi du temps, c'est-à-dire le véritable régulateur d'un bon gouvernement. Contre cela je n'ai entendu faire qu'une objection qu'il est facile de réfuter. *L'élection prochaine peut amener quatre-vingt-six nouveaux députés : il faut le temps de connaître leurs opinions, de quel côté ils comptent se ranger, et quels sont ceux dont on doit espérer le plus de secours.* Je conviens que tous ces points sont essentiels à connaître; mais je dis que le ministère doit les avoir presque tous connus d'avance. S'il a donné de bonnes instructions, si elles ont été bien suivies, si le bon choix des élections en a été la suite, le ministère pourra être sûr de toute sa force avant que les délibérations commencent. Si, à l'arrivée des députés à Paris, il en trouve quelques-uns indécis dans leur marche, c'est à lui à faire cesser leur irrésolution, à leur en montrer le peu de fondement et le danger, à leur parler avec confiance des

vues sages du gouvernement, et surtout à ne jamais leur donner lieu de croire que leur irrésolution
pourrait entraîner là sienne. Vis-à-vis de bons
députés, un gouvernement qui semble douter de
son influence sur eux, leur donne des doutes sur
la pureté de ses intentions : ces doutes agitent et
inquiètent les esprits faibles ; ce sont ceux-là surtout à qui l'intrigue s'attache toujours, parce qu'elle
sait quel parti on peut tirer d'une imagination
effrayée. Je regarde donc comme un devoir essentiel
du ministère de ne jamais laisser entrevoir une
indécision qui donnerait des armes à l'intrigue.
C'est en affectant secrètement d'avoir et d'inspirer
des craintes, que l'intrigue fait naître celles dont
elle espère profiter : c'est en combattant franche-
ment toutes ces craintes, que le ministère sera sûr
de la confondre, et de se rehausser lui-même par
la noblesse et la vérité de ses communications.

FIN.